les cinq voyelle.

Les grands et les petits ont toujours commencé,
comme vous, mes enfans, par lire l'abc.

SYLLABAIRE
GRAMMATICAL.

SECONDE ÉDITION,

Ornée de 25 *vignettes* et de 24 beaux *médaillons alphabétiques* ; augmentée, 1° des Prières du Chrétien, 2° des Adages de l'enfance, 3° d'une Instruction sur la lecture, 4° des dix Parties du discours mises à la portée du jeune âge.

Par A. F. J. FRÉVILLE,

Auteur des *Nouveaux Essais d'éducation*, des vies des *Enfants célèbres*, de l'*Histoire des chiens célèbres*, etc., Ex-Professeur de Belles-Lettres aux Écoles centrales.

Peu, mais souvent ; douceur et patience.

A PARIS,

Chez F. LOUIS, Libraire, rue de Savoie, n° 6.

M. DCCCVIII.

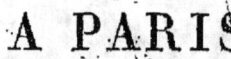

DE L'IMPRIMERIE DE P- DIDOT L'AINÉ.

INSTRUCTIONS

Sur l'enseignement de la Lecture.

1° Enseignez d'abord les *voyelles* sans accent, puis celles qui sont accentuées.

2° Passez à l'Alphabet des *petites lettres*, tantôt dans le *Petit Alphabet*, page 7, tantôt dans les *médaillons*, page 42.

3° Comme les *e* muets sont plus fréquents que les autres, l'enfant nommera ses consonnes par *Be, Ce, De, Fe, Ge, He*, etc.

4° Lorsque l'enfant saura bien les minuscules *a, b, c, d*, etc. on le fera passer à l'*Alphabet comparé* des majuscules réunies aux minuscules *A a. B b. Cc. D d.*

5° De l'Alphabet comparé le jeune lecteur ira aux *syllabes élémentaires*, page 10, et successivement aux *sons simples*, page 15, puis aux *sons composés*, p. 19, et ainsi de suite jusqu'aux phrases.

6° Pour s'assurer que l'enfant ne lit point par routine, il épèlera les chapitres en allant de haut en bas et de bas en haut, puis de gauche à droite et de droite à gauche.

7° Il importe beaucoup d'exercer le petit élève à la lecture des deux verbes *auxiliaires* AVOIR et ÊTRE, pris séparément, page 65, par la raison que ces verbes forment la partie liante des phrases, et renaissent sans cesse dans le discours.

8° L'enfant n'articulera pas les *é* fermés ou autres, en disant *é* accent aigu, *è* accent grave etc., cela couperait sa lecture, mais il nommera simplement les voyelles et autres suivant leur valeur.

9° Il ne nommera pas non plus pendant tout le temps de l'appellation les lettres parasites qui ne se prononcent pas, comme l'*h* et *x* d'*heureux*, les *nt* des verbes ils aura*nt*, ils sera*nt*, etc.

10° Il prononcera les *ll* mouillés, comme ces mots, *lia, lié, lion, lieu, li-è.*

11° Quelque lents que soient les progrès d'un enfant, lorsqu'il n'a pas de mauvaise volonté, il faut se donner de garde de le rudoyer; l'usage, ce maître aussi doux qu'expérimenté, fera plus que les préceptes et que les châtiments, qui lui feraient prendre la lecture en aversion :

Peu, mais souvent; douceur et patience.
Patience et succès marchent toujours ensemble.

SYLLABAIRE
GRAMMATICAL.

Voyelles.

a	e	i	o	u
A a	E e	I i	O o	U u

Voyelles accentuées.

à	â	é	è	ê
ë	ï	î	ô	û

Petit alphabet.

a	b	c	d
e	f	g	h
ij	k	l	m
n	o	p	q
r	s	t	u
v	x	y	z

Alphabet comparé.

A a	B b	C c	D d
E e	F f	G g	H h
I i J j	K k	L l	M m
N n	O o	P p	Q q
R r	S s	T t	U u
V v	X x	Y y	Z z

Syllabes élémentaires.

(ba)

ba ca da fa ga ha ja

---

ka la ma na pa qua

---

ra sa ta va xa ya za.

(be)

be ce de fe ge he je

---

ke le me ne pe que

---

re se te ve xe ye ze.

(bé)

bé cé dé fé gé hé jé

___

ké lé mé né pé qué

___

ré sé té xé yé zé.

(bè)

bè cè dè fè gè hè jè

___

kè lè mè nè pè què

___

rè sè tè vè xè yè zè.

(bi)

bi ci di fi gi hi ji

ki li mi ni pi qui

ri si ti vi xi yi zi.

(bo)

bo co do fo go ho jo

ko lo mo no po quo

ro so to vo xo yo zo.

(bu)

bu cu du fu gu hu ju

ku lu mu nu pu qu

ru su tu vu xu yu zu.

Accents et Tréma.

Pâ que. fê te. l'île.

dô me. flû te. là-bas.

No ë. Moï se. Ésaü.

vérité, témérité, bonté.

accès, procès, succès.

Syllabes muettes.

ab	eb	ib	ob	ub
ac	ec	ic	oc	uc
ad	ed	id	od	ud
af	ef	if	of	uf
ag	eg	ig	og	ug
al	el	il	ol	ul
am	em	im	om	um
an	en	in	on	un
ap	ep	ip	op	up
ar	er	ir	or	ur
as	es	is	os	us
at	et	it	ot	ut
ax	ex	ix	ox	ux

SONS SIMPLES ET HOMONYMES.

1º *a-à ea.* 2º *aim-ain , ein , im , in , ym.* 3º *é-ez, ai.* 4º *è-ai, aie ; es , est, et , oi.* 5º *am-an , aon , em , en , ean.* 6º *eu , oeu.* 7º *e-eu (heure).* 8º *i-ie.* 9º *om-on ; eon.* 10º *ou-oue.* 11º *u-eu, cue , (j'ai eu).* 12º *un-um , eun (à jeun , parfum) , etc.*

N. B. La syllabe qui suit le chiffre donne le son des syllabes suivantes.

---

mon pa pa,	pe tit chat,
un da da;	lis plus haut,
toi, ma man,	on t'au ra
du na nan,	un gâ teau;
des jou joux,	tu boi ras
et l'en fant	de l'or geat,
est con tent.	du lo lo.

le beau temps !

pour al ler

pro me ner

dans les champs

al lons - y ,

mon enfant.

mon pa pa ,

je vou drais

un bou quet

de jas min ;

que je l'aie

dans ma main.

tiens bé bé ,

dés dra gées.

don ne - m'en ;

non , j'en ai ,

j'en man geai

bien as sez.

le voi ci ;

que sens - tu ?

c'est la rose ;

c'est du thym :

doux par fum

des jar dins.

mon mi net,

je t'en prie,

sois gen til,

o bli geant,

com plai sant,

et lis bien.

près du feu

le chat blanc

fait gros dos,

tend la queue;

la pou lette

pond des œufs.

cher a mi,

tu lis mal;

no tre pie

li rait mieux.

que je suis

mé con tent !

as-tu faim ?

prends du pain.

as-tu soif ?

bois du lait ;

le grand pot

en est plein.

mon cha ton,	qui va là ?
ap prends bien.	c'est un loup.
nous t'au rons	je l'ai vu ;
un lapin,	c'en est un ;
un fai san,	il est gris,
deux pi geons.	il est brun.

viens donc voir !	le co quin !
le chat joue ;	il s'en fuit
le beau paon	dans les haies...
fait la roue ;	l'a-t-on eu !
et fan fan	on l'a pris.
fait la moue.	qu'on le tue.

SONS COMPOSÉS ou DIPHTHONGUES.

1º *ia-ya.* 2º *ié-iai.* 3º *iè-iai.* 4º *ian-ien.* 5º *ien-yen* (*lien*). 6º *ieu-yeu.* 7º *io-iau-yau.* 8º *ion-yon.* 9º *oué-ouai* (*il jouait, fouet*). 10º *oua* (*il joua*). 11º *ouan-ouen* (*Rouen*). 12º *oué-ouai* (*je jouai*). 13º *oin-ouen.* 14º *ué-uai* (*tué*). 15º *ué-uait* (*fluet*). 16º *uan-uent* (*confluent*). 17º *ui-uie* (*la suie*).

---

il le nia.	un lam pion.
c'est un niais.	c'est le roi.
sois sur pieds.	vends ton foin.
en pri ant.	il pue... pouah !
le bon miel.	c'est un chien.
mets un pieu.	joue à l'oie.
un cha riot.	crains le fouet.

va au poêle. — des ca mions.

dis donc oui. — le bon vieux.

une é cuelle. — prie le ciel.

un bis cuit. — le sa gouin.

mai et juin. — le chas sieux.

un tui yau. — le sans soin.

le chat miaule. — les joi yaux.

un chat-huant. — c'est à lui.

va-t-il mieux? — un crai yon.

le chat puait. — prends le tien.

bon moi yen. — c'est à moi.

viens à douai. — rends le mien.

LES *ll* MOUILLÉS.

l'é ven tail.	la mar maille
beau so leil.	joue aux quilles
fer me l'œil.	no tre vieille
l'o reil ler	en tor tille
bien douil let.	la que nouille.

va cueil lir	l'an guil lette
du fe nouil,	qui fre tille ;
des œil lets,	la cail lette
du mil let.	qui ba bille.
l'é cu reuil	toi, fil lette,
sau til lait.	sois gen tille.

CONSONNES RUDES.

(*ac*)	(*ca*)
ôte un sac.	un bran card.
paix ! blanc bec.	l'a bri cot.
prends ton pic.	un long cou.
bon saint roch !	ca ra col.
c'est un suc.	faux cal cul.

(*bre*)	(*cla*)
tends les bras.	quel é clat !
le bel arbre.	mets ta boucle.
un cabri.	œufs é clos.
vide un broc.	plante un clou.
c'est ma bru.	bras per clus.

(*gla*)	(*gra*)
du ver glas.	qu'il est gras !
—	—
une é pin gle.	qu'il est maigre !
—	—
un beau gland.	qu'il est gris !
—	—
un ai glon.	qu'il est gros !
—	—
de la glu.	qu'il est grue !

(*gua*)	(*axe*)
il vo gua.	duc de saxe.
—	—
sotte lan gue !	le beau sexe.
—	—
tout lan guit.	fuis la rixe.
—	—
un gi got.	l'é qui noxe.
—	—
la ci guë.	ah ! quel luxe !

CONSONNES DOUCES.

(ça)	(sa)
un for çat.	il glis sa.
tiens ta place.	il s'éclip se.
un la cis.	reste as sis.
un mâ çon.	c'est un sot.
je reçus.	je l'ai su.

(gna)	(pla)
il gro gna.	c'est un plat.
fi ! l'i vrogne !	le sot peu ple.
com pa gnie.	un bon pli.
com pa gnon.	un com plot.
un a gneau.	il a plu.

FINALES DOUBLES.

(*able*)	(*âche*)
sois ai mable.	fuis le lâche.
—	—
aide au faible.	prends ta bêche.
—	—
lis ta bible.	qu'il est chiche !
—	—
sois plus noble.	des bri oches.
—	—
joue le double.	ah ! la cruche !

(*ace*)	(*ade*)
la be sace.	la sa lade.
—	—
pièce à pièce.	un re mède.
—	—
un ca lice.	suis ton guide.
—	—
à la noce.	la com mode.
—	—
tue la puce.	à l'é tude.

(*afe*)	(*aphe*)
la ca rafe.	un pa raphe.
va au greffe.	va à delphes.
crains la griffe.	le dau phin.
bonne é toffe.	phi lo sophe.
ah! j'é touffe.	c'est té lèphe.

(*age*)	(*agne*)
dans la cage.	char le magne.
au col lege.	des châ taignes.
il vol tige.	bel le vigne.
qu'il dé loge.	en be sogne.
il nous gruge.	il ré pugne.

(al)	(alle)
à che val.	rends la balle.
—	—
mets du sel.	prends la pelle.
—	—
coupe un fil.	reste en ville.
—	—
prends ton vol.	à l'é cole.
—	—
sois con sul.	il re cule.

(andre)	(âme)
a lex andre.	aie de l'âme.
—	—
on doit rendre.	fais toi - même.
—	—
va te plaindre.	qu'on t'es time.
—	—
fais-toi peindre.	sois un homme.
—	—
viens ré pondre.	bats l'en clume.

(ance)	(ange)
l'a bon dance.	mon bel ange.
ré com pense.	c'est un singe.
le bon prince.	c'est un songe.
poivre à l'once.	il se venge.
la fa ïence.	qu'on le juge

(ande)	(anne)
on de mande.	jo lie canne.
monte au pinde.	bois d'é bène.
à l'amende.	il ba dine.
mer pro fonde.	la cou ronne.
le coq - d'inde.	sans ran cune.

(*ampe*)	(*antre*)
suis la rampe.	sors de l'antre.
—	—
les deux tempes.	un gros ventre.
—	—
le chat grimpe.	va tout contre.
—	—
on te trompe.	sois bon peintre.
—	—
à la soupe.	vois ta montre

(*ante*)	(*appe*)
seme ; plante.	u ne grappe.
—	—
plie la tente.	fuis la guêpe.
—	—
il boit pinte.	la tu lipe.
—	—
crains la honte.	cours ; ga loppe.
—	—
la dé funte.	je m'oc cupe.

(aqué)	(ar)
ma ca saque.	lance un dard.
c'est l'é vêque.	forge un fer.
la bour rique.	quel plai sir !
la bi coque.	tout pour l'or.
la per ruque.	rien n'est sûr.

(arce)	(are)
quel le farce !	vieux a vare.
on nous berce.	rince un verre.
le beau thyrse.	il faut rire.
rien par force.	la pé core.
rends la bourse.	drap de bure.

(*eur*)	(*aste*)
sens ces fleurs.	quel con traste !
—	—
quel beau jour !	mets ta veste.
—	—
tout à l'heure.	lis la liste.
—	—
un pan doure.	cours en poste.
—	—
aie du cœur.	sois plus juste.

(*ase*)	(*asse*)
un beau vase.	plein ma tasse.
—	—
le plomb pèse.	la né gresse.
—	—
sois bien mise.	l'é cre visse.
—	—
bel le rose.	en car rosse.
—	—
il s'a muse.	c'est un russe.

2

(*atte*)	(*âte*)
tends la patte.	cuis ta pâte.
—	—
viens, minette.	la tem pête.
—	—
viens, pe tite.	va plus vîte.
—	—
mets ta hotte.	que jean s'ôte.
—	—
dans la hutte.	prends ta flûte.

(*âtre*)	(*ave*)
bats ton plâtre.	à la cave,
—	—
un bon maître.	le beau rêve.
—	—
un cha pitre,	u me grive.
—	—
c'est le vôtre.	u ne alcove,
—	—
em plis l'outre.	plein la cuve.

TERMINAISONS DES VERBES.

panier	plaisir	miroir	lettre	volant
er	*ir*	*oir*	*re*	*ant*

ar ran *ger*
l'o ran ger.

—

se sai *sir*
du plai sir.

—

pour se *voir*,
un mi roir.

—

va re met *tre*
cette let tre.

—

en jou *ant*
au vo lant.

moi qui *suis*.
près du puits.

—

ils y *sont*,
sur le pont.

—

quand j'é *tais*
au pa lais.

—

quand il *fut*
à l'af fût.

—

vous y *fûtes*.
vous les *eûtes*.

il *a vait*

un na vet.

—

nous a *vions.*

nous é *tions.*

—

tous en *eurent.*

tous y *furent.*

—

quand j'au *rai.*

- je *se rai.*

—

que je l'*aie.*

que tu *sois.*

—

nous *ayons.*

nous *soyons.*

que j'en *eusse*

que je *fusse.*

—

nous *eus sions*

nous *fus sions.*

—

des *si nez*

un grand nez.

—

nous *brû lâmes*

dans les flâmes.

—

vous *bro dâtes*

les cra vates.

—

ils *ai mèrent*

1ª ber gère.

que j'*ô tasse*	j'ai *re mis*
votre tasse.	le ta mis.
—	—
nous *ap prîmes*.	vous *re mîtes*
des ma ximes.	les mar mites.
—	—
ils *rem plirent*	que je *prenne*.
la tire - lire.	qu'il *revienne*.
—	—
nous *re çûmes*.	que je *visse*
nous *re lûmes*.	l'é cre visse.
—	—
qu'il *tom bât*	qu'el le *bût*,
sous le bât.	qu'el le *lût*.
—	—
il *dé fit*	vous *bussiez*.
son ha bit.	vous *lussiez*.

j'ai *été*.

elle a *été*.

———

elle a *eu*.

ils ont *eu*.

———

elle *étant*

bien aimante.

———

eux *étant*

si contents.

———

elle *ayant*

de l'argent.

———

ils vont *étre*.

ayant *eu*.

eux *aimant*.

fille aimante.

———

ils ont *aimé*.

elle est *aimée*.

———

elle a *planté*.

elle est *plantée*.

———

elles ont *reçu*.

ils sont *reçus*.

———

elles ont *vu*.

elles sont *vues*.

———

ils vont *rendre*.

en les *rendant*.

HÉTÉRONYMES.

ces gla *ces*.	les attentions.
—	nous *attentions*.
des har *des*.	—
—	est-il *co*ntent ?
les pou *les*.	ils en *conte* nt.
—	—
mes ar *mes*.	quel négligent !
—	ils *néglige* nt.
ses chaus *ses*.	—
—	bon parent.
tes pat *tes*.	ils se *pare* nt.
—	—
il convient.	un président.
ils *convie* nt.	ils *préside* nt.
—	—
très-différent.	nous portions
ils *diffère* nt	nos *portions*.
—	
il est fier.	
pour s'y *fier*.	

EXERCICES DES LETTRES.

A a.

Ah Papa! Alain t'aime. A
l'amende. Almanach. Arba-
lête. Arme au bras. A la cave.

B b.

Biribi. Bel et bon. Bois,
Blanc bec. Bonbonnière. Ba-
billard. Belle et bonne.

C c.

C'est un chat. C'est un chien.
C'est un chou. C'est bien cher.
Cru ou cuit. Chacun cause.

D d.

Didon dort. Dent de loup.
Domino. Deux à deux. Dix
dindons. Dînons donc.

E e.

En veux-tu ? Elle est bien ?
En été. En ce temps. Eglé
vient. Entre vîte. Ecris bien.

F f.

Fais du feu. Fil très-fin.
Fait-il froid ? Fric ou frac.
Fanfan fuit. Fi ! le fat !

G g.

Gueux et gai. Grand garçon.
Gros et gras. Grand gala.
Gargantua. Grigri gruge.

H h.

Huit harengs. Holà ! ho !
Heure heureuse. Hâtez-vous.
Happe-le. Hélas ! oui !

I i.

Instruis-toi. Ira-t-il ? Ils iront. Il tintait. Illumine. Iris rit. Iras-tu ? Imagine.

J j.

J'irai jouer. Judas jure. Jupon jaune. Juin, juillet. Jeannot jeune. Jean jeûna.

K k.

Kiosk gai. Kilogramme. Kaminiek. Kabassou. Karact fin. Kirielle. Kangourou.

L l.

Lizon lit. Le lilas. Luc va loin. Lon, lan, la. L'an est long. L'air est lourd. La-mi-la.

M m.

Mon minet. Mes amis.
Maman m'aime. Mirmidon.
Marche mieux. Minet miaule.

N n.

Nanan blanc. Non, nigaud.
Nous nageons. Nain ou naine.
N'a-t-il rien? Nullement.

O o.

Où va-t-on? On y court.
On sait tout. Oui ou non.
Oh! c'est trop. Ouf! j'étouffe.

P p.

Prie papa. Peu-à-peu. Pas-
à-pas. Paix! petit. Pot tout
plein. Pif et paf. Parapluie.

Q q.

Quand ? Qui donc ? Quel quinquet ! Quiproquo. Quelqu'un quête. Quelle queue!

R r.

Raton rit. Ric-à-rac. Rat tout gris. Ramoneur. Riras-tu ? Rien pour rien. Ré, mi, ré.

S s.

Six ou sept. Suis Suzon. Seau sans eau. Souris grise. S'en sert-on ? Sel ou sucre.

T t.

Tatigouette ! Turlutu. Tintamare. T'y tiens-tu ? Tirelire. Troc pour troc. Tonne-t-il ?

U u.

Un pour un. Une ou deux.
Un outil. Une hutte. Un usage.
Ut, ré, ut. Uranie. Usufruit.

V v.

Va-s-y voir. Vieux volant.
Vin trop vert. Vends ta vigne.
Va-t'en vîte. Venez-vous ?

X x.   Y y.

Xénophon.   Quelle rixe !
Y est-il ? Y est-elle ? Yeux de
lynx. Y met-on ? Y fait-on ?

Z z.

Zoé vient. Zon, zon, zon.
Zèle vif. Zist et zest. Zèbre
prompt. Zéphyr doux.

PETITES PHRASES.

L'Ane.

L'âne est un animal paisible, doux et très-patient; il se nourrit de très-peu de chose.

Le Bœuf.

Le bœuf vigoureux laboure la terre; il travaille beaucoup; son pas est lent, mais très-sûr.

Le Coq.

Le coq, symbole de la vigilance, chante du matin, et il réveille les paresseux.

Le Dindon.

Le dindon vient des Indes. Ce gros oiseau est très colère, stupide, et très-gourmand.

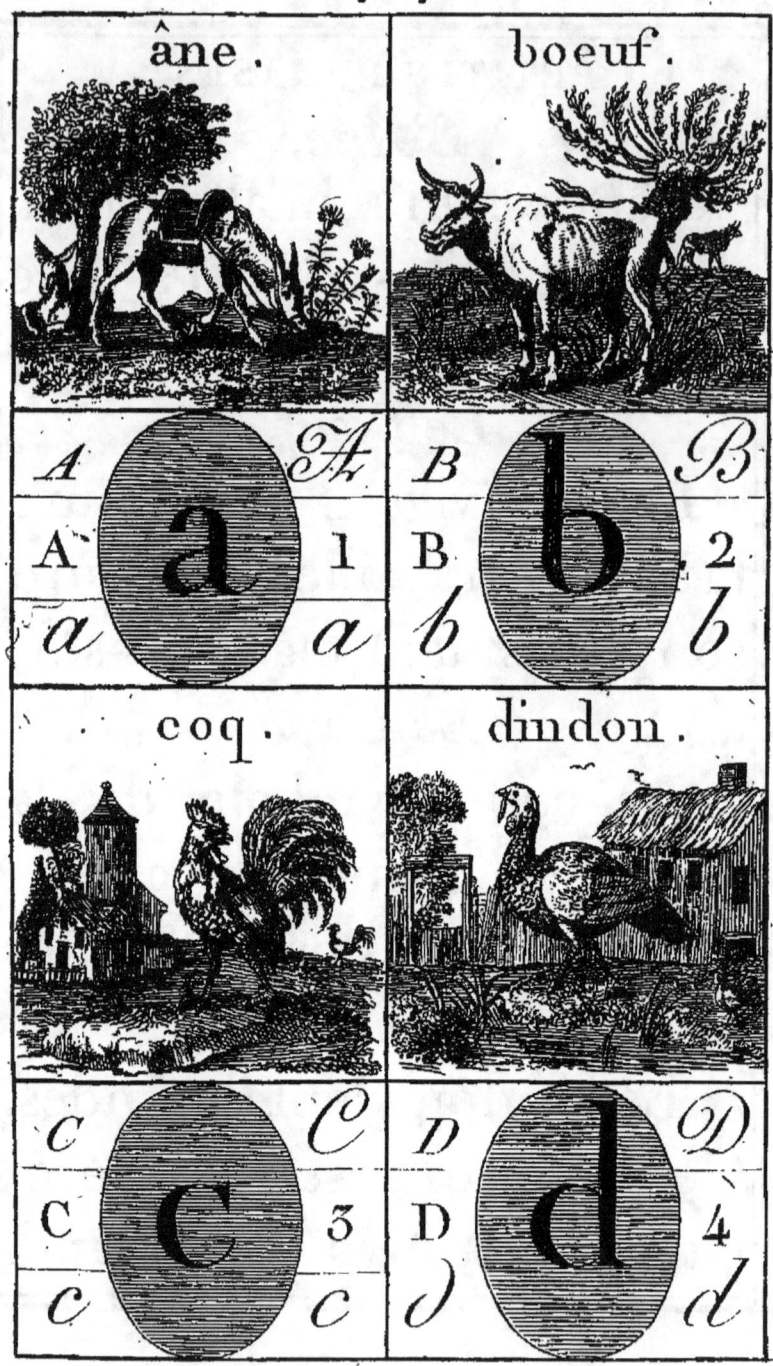

âne.

boeuf.

A		*A*	B		*B*
A	**a**	1	B	**b**	2
a		*a*	*b*		*b*

coq.

dindon.

c		*C*	*D*		*D*
C	**c**	3	D	**d**	4
c		*c*	*d*		*d*

écureuil.

faisan.

E E 5 e e

F F 6 f f

grue.

huppe.

G G 7 g g

H H 8 h h

L'Écureuil.

L'écureuil est un animal vif, doux, gentil, industrieux; il s'apprivoise très-facilement.

Le Faisan.

Le faisan est un fort bel oiseau; sa chair est délicate à manger; il vit dans les bois.

La Grue.

Les grues sont moins sottes qu'on le dit; elles font sentinelle, et volent en troupe.

La Huppe.

La huppe est mignonne et très gentille; elle a une jolie touffe de plumes sur la tête.

L'If ; le Jonc.

L'if est un arbre toujours verd. Le jonc est une espèce de roseau ; il croît très vîte.

Le Kiosk.

Le kiosk est un cabinet turc ; il sert à décorer nos jardins, et l'on y prend le frais.

Le Lapin.

Le lapin est un animal timide ; son poil sert à fabriquer des gants et des chapeaux.

Le Mouton.

La viande du mouton nous nourit ; sa laine est très chaude et nous habille en hiver.

if, jonc.

kiosque.

IJ	*JJ*
IJ	9·10
ij	*ÿ*

K	*K*
K	11
k	*k*

lapin.

mouton.

L	*L*
L	12
l	*l*

M	*M*
M	13
m	*m*

nid.

oie.

N		𝒩	o		O
N	14		O	15	
n		n	o		o

poule.

quinquet.

P		𝒫	Q		𝒬
P	16		Q	17	
p		p	q		q

Le Nid.

Les oiseaux font ordinaire-
ment leur nid avec des feuil-
les sèches et des brins de foin.

L'Oie.

L'oie pince l'herbe des
prés; on taille ses plumes pour
écrire, soit en gros, soit en fin.

La Poule.

La poule pond des œufs,
et ces œufs sont bons à manger tout frais ou en omelette.

Le Quinquet.

Le quinquet est une lampe
nouvelle; sa lumière est très-
vive et des plus brillantes.

Le Renard.

Le renard est le plus fourbe, le plus rusé, le plus voleur des animaux. Craignez-le.

Le Singe.

Le singe imite tout ce qu'il voit; il est d'une adresse singulière, mais il est très-rétif.

La Tourterelle.

La tourterelle aime les bois solitaires; c'est le modèle de l'amitié et de la constance.

L'Urne.

L'urne est une espèce de vase; on en orne les jardins et le coin de nos cheminées.

renard.   singe.

R	R	S	S
R	18	S	19
r	r	s	s

tourterelle.   urne.

T	T	U	U
T	20	U	21
t	t	u	u

veau.

xci! xci!...

V		V
V	V	22
v		v

X		X
X	X	23
x		x

yeux.

zebre.

Y		Y
Y	y	24
y		y

Z		Z
Z	Z	25
z		z

Le Veau.

La chair du veau est nourrissante, et très-bonne; sa peau sert à couvrir des livres.

Xci! xci!

Xci! c'est un mot familier aux polissons, qui battent les pauvres chiens sans nul motif.

Les Yeux.

Les yeux sont le miroir de l'ame; on y voit facilement ce que l'homme pense.

Le Zèbre.

Le zèbre, constamment rayé de blanc et de noir, est un bel âne qui naît en Afrique.

ADAGES DE L'ENFANCE:

CONSEILS ET MAXIMES

DE SAGESSE.

Dieu.

Adore un Dieu, sois juste ;
Et secours ton semblable.

Jouer.

Jouez bien, mon enfant,
Et travaillez de même.

Manger.

Si vous voulez manger,
Il faut bien travailler.

Lire.

Il faut savoir bien lire,
Écrire, et bien parler.

Instruis-toi.

Instruis-toi ; l'ignorant
Est dupe de chacun.

Bien faire.

La premiere science,
Mon fils, c'est de bien faire.

Éducation.

L'éducation seule,
Est un grand héritage.

Une mère.

Une mère !... ô mon fils !
Quelle amie est plus vraie ?

Bon fils.

Un bon fils est chéri
Et du ciel et des hommes.

Sœurs.

Avec vos sœurs toujours
Vivez en bon accord.

Frère.

Un frère est un ami
Donné par la nature.

Maître.

Le maître qui t'instruit
Te vaut un second père.

Obéir.

Votre premier devoir,
Mon fils, c'est d'obéir.

Conseil.

Aimez qu'on vous conseille
Et non pas qu'on vous loue.

Enfant.

L'enfant, comme la vigne,
A besoin de support.

Raisonneur.

Un enfant raisonneur
A bien peu de raison.

Écoutez.

Écoutez, mon ami,
Vous parlerez ensuite.

Comme pour toi.

Ce que tu crains pour toi,
Ne me le fais donc point.

Mal rendu.

Tremble !... le mal qu'on fait
Tôt ou tard est rendu.

Méchant.

Le méchant, quoi qu'il fasse,
Est toujours détesté.

Aimable.

Voulez-vous qu'on vous aime?
Il faut vous rendre aimable.

Ami.

Tâchez, dès le berceau,
De vous faire un ami.

Partage.

Le plaisir n'est plus rien
S'il n'est point partagé.

Lendemain.

Réserve quelque chose,
Et pense au lendemain.

Paresseux.

Toujours un paresseux
Est pauvre et malheureux.

Travaillons.

Travaillons! le travail
Peut nous conduire à tout.

Promettre.

Pense avant de promettre,
Et tiens bien ta promesse.

Défendons-nous.

Allons! défendons-nous!
Mais n'attaquons personne.

Mal acquis.

Dans tout bien mal acquis
On trouve du mécompte.

Bon cœur.

Un bon cœur vaut bien mieux
Que tout l'esprit du monde.

Faible.

Opprimer un plus faible !
Ah ! quelle lâcheté !

Torts.

Qui convient de ses torts
Les répare à moitié.

Peur.

Ne faites jamais peur ;
Rien n'est si dangereux.

Toucher.

Regardez, mon enfant,
Mais ne touchez à rien.

Menteur.

Si vous mentez, mon fils,
On ne vous croira plus.

Colère.

Ne fais rien en colère ;
Attends au lendemain.

Gourmandise.

Il n'est point de santé
Avec la gourmandise.

Raillerie.

Entendez raillerie
Et sachez plaisanter.

Soi-méme.

Pour avoir quelque chose,
Il faut agir soi-même.

Plaisir.

On n'a point de plaisir
Sans prendre un peu de peine.

Difficile.

Un homme difficile
Est toujours malheureux.

Beauté.

L'enfant est assez beau
S'il est docile et sage.

Propreté.

Soyez propre et soigneux ;
Propreté c'est vertu.

Politesse.

Sois affable et poli ;
Pour gagner tous les cœurs.

Emportement.

Sitôt que l'on s'emporte,
On se met dans son tort.

Vengeance.

Si l'on te nuit, plains-toi ;
Mais ne te venge point.

Pardonner.

Sois généreux et bon,
Et sache pardonner.

Ennemi.

Ménage tout le monde,
Et crains tout ennemi.

Donner.

Donne à propos, mon fils :
Les dons nous font chérir.

Compagnie.

On a tout à gagner
En bonne compagnie.

Anons.

Fuyez loin des ânons ;
Vous pourriez braire aussi.

Humeur.

Ne montrez point d'humeur
Et cédez prudemment.

Obstiné.

L'obstiné, par sa faute,
Endure bien des maux.

Plaire.

Pour plaire il faut avoir
Un peu de complaisance.

Juste milieu.

Jamais trop ni trop peu ;
Prends un juste milieu.

Ennui.

Lorsqu'on sait s'occuper
Jamais on ne s'ennuie.

Juger.

Gardez-vous de juger
Des hommes par l'habit.

Reconnaissance.

Soyez reconnaissant
Du bien qu'on vous a fait.

Ingratitude.

L'ingrat est un serpent !...
Il faudrait l'étouffer.

Courage.

Mon enfant, du courage !
Il en faut dans la vie.

Patience.

Patience et succès
Marchent toujours ensemble.

Désordre.

Retiens ceci : Sans ordre,
On perd jusqu'à la vie.

Mérite.

Mon fils, vaux par toi-même
Et non par tes ayeux.

Devoir.

Quoi qu'il puisse arriver,
Fais toujours ton devoir.

MORALITÉS

A RAPPELER A L'ENFANCE.

Courir.

Ne descendez point les escaliers en courant, mon bon ami, parcequ'alors les chûtes sont très-dangereuses.

Coups à la tête.

Ne cachez jamais les coups que vous vous donnez à la tête, car ils causent très-souvent la mort, quand on n'y remédie pas à temps.

Feu.

Depuis moins de trois ans on compte onze enfants qui se sont brûlés tout vifs en jouant avec du feu.

Sueur.

Ne vous arrêtez point au frais quand vous serez brûlant et tout en sueur; c'est là source de plusieurs maladies mortelles.

Se baigner.

Ne vous baignez jamais ayant chaud, ni après avoir mangé; vous en seriez certainement incommodé aussitôt.

3.

Air.

Renouvelez souvent l'air de votre chambre ; sans air, point de santé ; gardez-vous bien aussi de dormir dans vos rideaux fermés ; c'est la source de la pâleur, de bien des infirmités et d'une vie languissante.

Fenêtre.

Combien d'enfants étourdis tombent par la fenêtre ou dans le puits, en s'y penchant avec imprudence.

Imprudence.

On a vu des enfants avoir la jambe cassée, en approchant trop des chevaux ; d'autres ont été mordus par des chiens qu'ils agaçaient ; et plusieurs ont tué leurs camarades, en jouant avec des armes à feu.

Médecine.

Faute d'une médecine ou de quelque autre remède pris à propos, songez-y, mon enfant, vous risquez de rester estropié, ou d'être malade le reste de votre vie. Ayez donc un peu de courage : sans courage il n'est ni santé, ni succès, ni bonheur.

Chaises.

Ne montez jamais sur les chaises, ni sur des choses élevées, parcequ'alors les chûtes en sont bien plus graves.

Animaux.

N'imitez point les polissons qui maltraitent les chiens ; celui qui est injuste ou méchant envers les animaux, le devient bientôt à l'égard de son semblable.

Lâcheté.

C'est une lâcheté indigne de battre un moins fort que soi. Le plus fort, au contraire, doit défendre et protéger le plus faible.

Exercices.

Promenez-vous au grand air et prenez beaucoup d'exercice ; rien n'est meilleur pour entretenir la santé, pour vous fortifier., et pour les progrès de l'esprit.

Esprit.

L'esprit demande autant d'exercice que le corps ; non pas pour savoir beaucoup ; mais pour bien juger.

Partage.

Donnez toujours à vos bons amis de

ce que vous avez; car rien n'est si hono-
rable qu'un bon cœur.

Moquerie.

Ne vous moquez point des défauts des
autres, car vous avez les vôtres, et tout
le monde a besoin d'indulgence.

Aumône.

La premiere des vertus c'est la bien-
faisance; il ne faut pas être riche pour
donner quelque chose aux pauvres et
aux malheureux.

Reconnaissance.

Ce n'est pas assez de payer ceux qui
vous servent bien ; soyez donc encore
généreux à leur égard ; c'est le moyen
de les attacher à votre service, et de vous
faire une bonne réputation.

S'occuper.

Apprenez de bonne heure à vous occuper et à vous suffire à vous-même;
quelque riche que vous soyez, vous ne
sauriez sans cesse avoir quelqu'un pour
vous amuser.

Excès.

Craignez les excès en tout, et mangez

avec modération. Salomon a dit, avec raison, que la gourmandise avait tué plus d'hommes que la lance et l'épée.

Parler peu.

Savez-vous pourquoi vous avez deux oreilles et une seule bouche, mon enfant?... c'est pour que vous écoutiez beaucoup, et que vous parliez peu.

PRIERES DU CHRÉTIEN.

L'ORAISON DOMINICALE.

Au nom du Père, du Fils, et du St. Esprit.

Notre Père qui êtes aux cieux, que votre nom soit sanctifié ; que votre règne arrive, que votre sainte volonté soit faite en la terre comme au ciel ; donnez-nous aujourd'hui notre pain quotidien, et pardonnez-nous nos offenses comme nous les pardonnons à ceux qui nous ont offensés : et ne nous laissez pas succomber à la tenta-

tion; mais délivrez-nous du mal. Ainsi
soit-il.

LA SALUTATION ANGÉLIQUE.

Je vous salue, Marie, pleine de grace;
le Seigneur est avec vous; vous êtes bénie
entre toutes les femmes; et Jésus, le fruit
de votre ventre, est béni.

Sainte Marie, Mère de Dieu, priez
pour nous, pauvres pécheurs, maintenant, et à l'heure de notre mort. Ainsi
soit-il.

LE SYMBOLE DES APÔTRES.

Je crois en Dieu, Père tout-puissant,
Créateur du ciel et de la terre, et en Jésus-
Christ son Fils unique, Notre-Seigneur,
qui a été conçu du Saint-Esprit, est né de
la Vierge Marie, a souffert sous Ponce-
Pilate, a été crucifié, est mort, et a été
enseveli; qui est descendu aux enfers, et
le troisième jour est ressuscité des morts;

est monté aux cieux, est assis à la droite de Dieu, le Père tout-puissant, d'où il viendra juger les vivants et les morts.

Je crois au Saint-Esprit, à la sainte Eglise catholique, à la communion des Saints, à la rémission des péchés, à la résurrection de la chair, à la vie éternelle. Ainsi soit-il.

Confession des péchés.

Je me confesse à Dieu tout-puissant, à la bienheureuse Marie toujours Vierge, S. Michel Archange, S. Jean-Baptiste, aux Apôtres S. Pierre et S. Paul, à tous les Saints, parce que j'ai beaucoup péché, par pensées, par paroles et par actions : c'est ma faute, c'est ma faute, c'est par ma très-grande faute ; c'est pourquoi je supplie la bienheureuse Marie toujours Vierge, S. Michel Archange, S. Jean-Baptiste, les Apôtres S. Pierre, S. Paul, tous les Saints, et vous, mon Père, de prier pour moi le Seigneur notre Dieu.

Que le Seigneur tout puissant et tout miséricordieux nous acorde le pardon, l'absolution et la rémission de nos péchés, et qu'il nous conduise à la vie éternelle. Ainsi soit-il.

REMARQUE

SUR LA LECTURE DES VERBES.

Comme les deux verbes, *avoir* et *être*, reviennent sans cesse dans le discours, l'enfant les lira l'un après l'autre, il lira de même séparément les autres verbes, en y ajoutant les pronoms *je, tu, il, nous, vous, ils*: puis après le verbe, un mot commençant par une voyelle, pour faire sentir la finale de chaque temps.

EXEMPLE.

J'*ai* un bon livre. Tu *as* un bon livre. Il *a* un bon livre. etc.

LES VERBES *AVOIR et ETRE*.

AVOIR. AYANT. EU. —— ÊTRE. ÉTANT. ETÉ.

1° INDICATIF PRÉSENT. SINGULIER.

(*Aujourd'hui, maintenant,*)

J'   ai (peu). .... Je   suis (gai).
Tu . as. .... Tu   es.
Il   a Il   est.
Elle· a . ... Elle est.

PLURIEL.

Nous ayons. ..... Nous sommes.
Vous avez. .... Vous êtes.
Ils   ont. .... Ils   sont.
Elles ont. .... Elles sont.

2° IMPARFAIT PASSÉ SINGULIER.

(*Autrefois, hier, ce matin,*)

J'   avais. ...... J'   étais.
Tu   avais. .... Tu   étais.
Il   avait. Il   était.
Elle avait. ...... Elle était.

PLURIEL.

Nous avions. ..... Nous étions.
Vous aviez. .... Vous étiez.
Ils   avai*ent*. .... Ils   étai*ent*.
Elles avai*ent*. .... Elles étai*ent*.

3° Prétérit défini passé. Singulier.

(Jadis, autrefois, hier,)

J'	eus........	Je	fus.
Tu	eus.........	Tu	fus.
Il	eut........	Il	fut.
Elle	eut.:.......	Elle	fut.

Pluriel.

Nous eûmes......	Nous fûmes.
Vous eûtes.......	Vous fûtes.
Ils eure*nt*......	Ils fure*nt*.
Elles eûre*nt*.....	Elles fure*nt*.

4° Prétérit indéfini passé. Singulier.

(Hier, aujourd'hui, ce matin,)

J'	ai *eu*.......	J'	ai *été*.
Tu	as *eu*.......	Tu	as *été*.
Il	a *eu*........	Il	a *été*.
Elle	a *eu*.......	Elle	a *été*.

Pluriel.

Nous avons *eu*....	Nous avons *été*.
Vous avez *eu*....	Vous avez *été*.
Ils ont *eu*....	Ils ont *été*.
Elles ont *eu*....	Elles ont *été*.

5° PRÉTÉRIT ANTÉRIEUR PASSÉ. SINGULIER.

(Dès que , tout aussitôt que,)

J'	eus	eu....	J'	eus	été.
Tu	eus	eu....	Tu	eus	été.
Il	eut	eu....	Il	eut	été.
Elle	eut	eu....	Elle	eut	été.

PLURIEL.

Nous	eûmes	eu....	Nous	eûmes	été.
Vous	eûtes	eu....	Vous	eûtes	été.
Ils	eurent	eu....	Ils	eurent	été.
Elles	eurent	eu....	Elles	eurent	été.

6° PLUS QUE PARFAIT PASSÉ. SINGULIER.

(Déja , dès ce temps-là ,)

J'	avais	eu..	J'	avais	été.
Tu	avais	eu..	Tu	avais	été.
Il	avait	eu..	Il	avait	été.
Elle	avait	eu..	Elle	avait	été.

PLURIEL.

Nous	avions	eu..	Nous	avions	été.
Vous	aviez	eu..	Vous	aviez	été.
Ils	avaient	eu..	Ils	avaient	été.
Elles	avaient	eu..	Elles	avaient	été.

7.º FUTUR SIMPLE. SINGULIER.

(Un jour, demain, dans peu,)

J'	aurai......	Je	serai.
Tu	auras.......	Tu	seras.
Il	aura.......	Il	sera.
Elle	aura.......	Elle	sera.

PLURIEL.

Nous aurons.....	Nous serons.
Vous aurez......	Vous serez.
Ils	auront.....	Ils	seront.
Elles auront.....	Elles seront.

8.º FUTUR ANTÉRIEUR PASSÉ. SINGULIER.

(Quand, lorsque, dès que,)

J'	aurai *eu*....	J'	aurai *été*.
Tu	auras *eu*....	Tu	auras *été*.
Il	aura *eu*....	Il	aura *été*.
Elle	aura *eu*....	Elle	aura *été*.

PLURIEL.

Nous aurons *eu*...	Nous aurons *été*.
Vous aurez *eu*...	Vous aurez *été*.
Ils	auront *eu*...	Ils	auront *été*.
Elles auront *eu*...	Elles auront *été*.

9.° CONDITIONNEL PRÉSENT. SINGULIER.

(Maintenant, si je pouvais,)

J' aurais.....	Je serais.
Tu aurais.....	Tu serais.
Il aurait.....	Il serait.
Elle aurait.....	Elle serait.

PLURIEL.

Nous aurions....	Nous serions.
Vous auriez.....	Vous seriez.
Ils auraient.....	Ils seraient.
Elles auraient.....	Elles seraient.

10.° CONDITIONNEL PASSÉ. SINGULIER.

(Dans ce temps-là, si j'avais pu,)

J' aurais eu...	J' aurais été.
Tu aurais eu...	Tu aurais été.
Il aurait eu...	Il aurait été.
Elle aurait eu...	Elle aurait été.

PLURIEL.

Nous aurions eu.	Nous aurions été.
Vous auriez eu.	Vous auriez été.
Ils auraient eu.	Ils auraient été.
Elles auraient eu.	Elles auraient été.

11° IMPÉRATIF PRÉSENT OU FUTUR. SING.

(A présent, tout-à-l'heure,)

	aie (soin.)		sois (prêt.)
Qu'il	ait.....	Qu'il	soit.
Qu'elle	ait.	Qu'elle	soit.

PLURIEL.

	ayons.......		soyons.
	ayez.........		soyez.
Qu'ils	aient......	Qu'ils	soient.
Qu'elles	aient......	Qu'elles	soient.

12° CONJONCTIF PRÉSENT OU FUTUR.

(Aujourd'hui, demain, il faut,)

Que	j'	aie.....	Que	je	sois.
Que	tu	aies...	Que	tu	sois.
Qu'	il	ait.....	Qu'	il	soit.
Qu'	elle	ait.....	Qu'	elle	soit.

PLURIEL.

Que	nous ayons.	Que	nous soyons.
Que	vous ayez..	Que	vous soyez.
Qu'	ils aient..	Qu'	ils soient.
Qu'	elles aient..	Qu'	elles soient.

13° IMPARFAIT CONJONCTIF. SINGULIER.

(En ce cas il faudrait)

Que j'   eussse..   Que je   fusse.
Que tu   eusses..   Que tu   fusses.
Qu' il   eût.....   Qu' il   fût.
Qu' elle   eût.:...   Qu' elle   fût.

PLURIEL.

Que nous eussions. Que nous fussions.
Que vous eussiez.. Que vous fussiez.
Qu' ils   eussent.. Qu' ils   fussent.
Qu' elles eussent.. Qu' elles fussent.

14° PARFAIT CONJONCTIF PASSÉ. SINGUL.

(Alors il a bien fallu)

Que j'   aie   *eu*. Que j'   aie   *été*.
Que tu   aies   *eu*. Que tu   aies   *été*.
Qu' il   ait   *eu*. Qu' il   ait   *été*.
Qu' elle   ait   *eu*. Qu' elle   ait   *été*.

PLURIEL.

Que nous ayons *eu*. Que nous ayons *été*.
Que vous ayez *eu*. Que vous ayez *été*.
Qu' ils   aient *eu*. Qu' ils   aient *été*.
Qu' elles aient *eu*. Qu' elles aient *été*.

15° PLUS QUE PARFAIT CONJONCTIF. SING.

(Alors il aurait bien fallu que)

J'	eusse	*eu.*	J'	eusse	*été.*
Tu	eusses	*eu.*	Tu	eusses	*été.*
Il	eût	*eu.*	Il	eût	*été.*
Elle	eût	*eu.*	Elle	eût	*été.*

PLURIEL.

Nous eussions	*eu.*	Nous eussions	*été.*
Vous eussiez	*eu.*	Vous eussiez	*été.*
Ils	eusse*nt*	*eu.*	Ils eusse*nt*	*été.*
Elles eusse*nt*	*eu.*	Elles eusse*nt*	*été.*

16° INFINITIF PRÉSENT, PASSÉ, ET FUTUR.

Hier	*Aujourd'hui*	*Demain*
il fallut	*il faut*	*il faudra*

AVOIR (quelque chose). ÊTRE (quelque chose)

PARFAIT PASSÉ. (Après.)

Avoir *eu* . . . . Avoir *été.*

PARTICIPE PRÉSENT.

Ayant . . . . Etant.

PARTICIPE PASSÉ. (Autrefois.)

Ayant *eu* . . . . Ayant *été.*

CONJUGAISON DES VERBES.

1re	2e	3e	4e
(ER) GOUTER.	(IR) SENTIR.	(OIR) VOIR.	(RE) ENTENDRE.

1.º INDICATIF PRÉSENT. SINGULIER.

(Aujourd'hui, maintenant,)

Je	goûte.	sens.	vois.	entends.
Tu	goûtes.	sens.	vois.	entends.
Il	goûte.	sent.	voit.	entend.
Elle	goûte.	sent.	voit.	entend.

PLURIEL.

Nous	goûtons.	sentons.	voyons.	entendons.
Vous	goûtez.	sentez.	voyez.	entendez.
Ils	goûte*nt*.	sente*nt*.	voie*nt*.	entende*nt*.
Elles	goûte*nt*.	sente*nt*.	voie*nt*.	entende*nt*.

2.º IMPARFAIT PASSÉ. SINGULIER.

(Autrefois, hier, ce matin,)

Je	goûtais.	sentais.	voyais.	entendais.
Tu	goûtais.	sentais.	voyais	entendais.
Il	goûtait.	sentait.	voyait.	entendait.
Elle	goûtait.	sentait.	voyait.	entendait.

PLURIEL.

Nous	goûtions.	sentions.	voiyons.	entendions.
Vous	goûtiez.	sentiez.	voiyez	entendiez.
Ils	goûtai*ent*.	sentai*ent*.	voyai*ent*.	entendai*ent*.
Elles	goûtai*ent*.	sentai*ent*.	voyai*ent*.	entendai*ent*.

4

3° Prétérit défini passé. Singulier.

(Jadis, autrefois, hier,)

Je	goûtai.	sentis.	vis.	entendis.
Tu	goûtas.	sentis.	vis.	entendis.
Il	goûta.	sentit.	vit.	entendit.
Elle	goûta.	sentit.	vit.	entendit.

Pluriel.

Nous	goûtâmes	sentîmes.	vîmes,	entendîmes.
Vous	goûtâtes.	sentîtes.	vîtes.	entendîtes.
Ils	goûtèrent.	sentirent.	virent.	entendirent.
Elles	goûtèrent.	sentirent.	virent	entendirent

4° Prétérit indéfini passé Singulier.

(Hier, aujourd'hui, ce matin,)

J'	ai	goûté.	senti.	vu.	entendu.
Tu	as	goûté.	senti.	vu.	entendu.
Il	a	goûté.	senti.	vu.	entendu.
Elle	a	goûté.	senti.	vu.	entendu.

Pluriel.

Nous	avons	goûté.	senti.	vu.	entendu.
Vous	avez	goûté.	senti.	vu.	entendu.
Ils	ont	goûté.	senti.	vu.	entendu.
Elles	ont	goûté.	senti.	vu.	entendu.

5.º PRÉTÉRIT ANTÉRIEUR PASSÉ. SINGULIER.

(Dès que, tout aussitôt que,)

J'	eus	goûté.	senti.	vu.	entendu.
Tu	eus	goûté.	senti.	vu.	entendu.
Il	eut	goûté.	senti.	vu.	entendu.
Elle	eut	goûté.	senti.	vu.	entendu.

PLURIEL.

Nous	eûmes	goûté.	senti.	vu.	entendu.
Vous	eûtes	goûté.	senti.	vu.	entendu.
Ils	eurent	goûté.	senti.	vu.	entendu.
Elles	eurent	goûté.	senti.	vu.	entendu.

6.º PLUS QUE PARFAIT PASSÉ. SINGULIER.

(Déja, dès ce temps-là,)

J'	avais	goûté.	senti.	vu.	entendu.
Tu	avais	goûté.	senti.	vu.	entendu.
Il	avait	goûté.	senti.	vu.	entendu.
Elle	avait	goûté.	senti.	vu.	entendu.

PLURIEL.

Nous	avions	goûté.	senti.	vu.	entendu.
Vous	aviez	goûté.	senti.	vu.	entendu.
Ils	avaient	goûté.	senti.	vu.	entendu.
Elles	avaient	goûté.	senti.	vu.	entendu.

7.° FUTUR SIMPLE. SINGULIER.

(Un jour, demain, dans peu,)

Je goûterai. sentirai. verrai, entendrai.
Tu goûteras. sentiras. verras. entendras.
Il goûtera. sentira. verra. entendra.
Elle goûtera. sentira. verra. entendra.

PLURIEL.

Nous goûterons. sentirons. verrons. entendrons.
Vous goûterez. sentirez. verrez. entendrez.
Ils goûteront. sentiront. verront. entendront.
Elles goûteront. sentiront. verront. entendront.

8.° FUTUR ANTÉRIEUR PASSÉ. SINGULIER.

(Quand, lorsque, dès que)

J' aurai goûté. senti. vu. entendu.
Tu auras goûté. senti. vu. entendu.
Il aura goûté. senti. vu. entendu.
Elle aura goûté. senti. vu. entendu.

PLURIEL.

Nous aurons goûté. senti. vu. entendu.
Vous aurez goûté. senti. vu. entendu.
Ils auront goûté. senti. vu. entendu.
Elles auront goûté. senti. vu. entendu.

9.° CONDITIONNEL PRÉSENT. SINGULIER.

(Maintenant , si je pouvais,)

Je   goûterais. sentirais. verrais. entendrais.
Tu   goûterais. sentirais. verrais. entendrais.
Il   goûterait. sentirait. verrait. entendrait.
Elle   goûterait. sentirait. verrait. entendrait.

PLURIEL.

Nous goûteriôns. sentirions. verrions. entendrions.
Vous goûteriez. sentiriez. verriez. entendriez.
Ils   goûteraient sentiraient verraient entendraient
Elles goûteraient sentiraient verraient entendraient

10.° CONDITIONNEL PASSÉ. SINGULIER.

(Dans ce temps-là, si j'avais pu,)

J'   *aurais*   goûté. senti. vu. entendu.
Tu   *aurais*   goûté. senti. vu. entendu.
Il   *aurait*   gouté. senti. vu. entendu.
Elle   *aurait*   goûté. senti. vu. entendu.

PLURIEL.

Nous *aurions* goûté. senti. vu. entendu.
Vous *auriez* goûté. senti. vu. entendu.
Ils   *auraient* goûté. senti. vu. entendu.
Elles *auraient* goûté. senti. vu. entendu.

11° IMPÉRATIF PRÉSENT OU FUTUR. SING.

(*A présent, tout-à-l'heure,*)

	goûte.	sens.	vois.	entends.
Qu' il	goûte.	sente.	voie.	entende.
Qu' elle	goûte.	sente.	voie.	entende.

PLURIEL.

	goûtons.	sentons.	voyons.	entendons.
	goûtez.	sentez.	voyez.	entendez.
Qu' ils	goûte*nt*.	sente*nt*.	voie*nt*.	entende*nt*.
Qu' elles	goute*nt*.	sente*nt*.	voie*nt*.	entende*nt*.

12° COJONCTIF PRÉSENT OU FUTUR. SING.

(*Aujourd'hui, demain, il faut que*)

Je	goûte.	sente.	voie.	entende.
Tu	goûtes.	sentes.	voies.	entendes.
Il	goûte.	sente.	voie.	entende.
Elle	goûte.	sente.	voie.	entende.

PLURIEL.

Nous	goûtions.	sentions.	voyions	entendions.
Vous	goûtiez.	sentiez.	voyiez.	entendiez.
Ils	goûte*nt*.	sente*nt*.	voie*nt*.	entende*nt*.
Elles	goûte*nt*.	sente*nt*.	voie*nt*.	entende*nt*.

13° Imparfait conjonctif futur. Sing.

(*En ce cas-là, il faudrait que*)

Je goûtasse. sentisse. visse. entendisse.
Tu goûtasses. sentisses. visses. entendisses.
Il goûtât, sentît. vît. entendît.
Elle goûtât. sentît. vît. entendît.

PLURIEL.

Nous goûtassions. sentissions. vissions. entendissions
Vous goûtassiez. sentissiez. vissiez. entendissiez.
Ils goûtassent. sentissent. vissent. entendissent.
Elles goûtassent. sentissent. vissent. entendissent.

14° Parfait conjonctif passé. Singulier.

(*Alors, il a bien fallu que,*)

J'   *aie*   goûté. senti. vu. entendu.
Tu   *aies*   goûté. senti. vu. entendu.
Il   *ait*   goûté. senti. vu. entendu.
Elle   *ait*   goûté. senti. vu. entendu.

PLURIEL.

Nous   *ayons*   goûté. senti. vu. entendu.
Vous   *ayez*   goûté. senti. vu. entendu.
Ils   *aient*   goûté. senti. vu. entendu.
Elles *aient*   goûté. senti. vu. entendu.

15° PLUS QUE PARFAIT CONJONCTIF. SING.

(Alors, il aurait bien fallu que)

J'	*eusse*	goûté.	senti.	vu.	entendu.
Tu	*eusses*	goûté.	senti.	vu.	entendu.
Il	*eût*	goûté.	senti.	vu.	entendu.
Elle	*eût*	goûté.	senti.	vu.	entendu.

PLURIEL.

Nôus	*eussions*	goûté.	senti.	vu.	entendu.
Vous	*eusssiez*	goûté.	senti.	vu.	entendu.
Ils	*eussent*	goûté.	senti.	vu.	entendu.
Elles	*eussent*	goûté.	senti.	vu.	entendu.

16° INFINITIF PRÉSENT, FUTUR, OU PASSÉ.

Hier	*Aujourd'hui*	*Demain*
il fallut	*il faut*	*il faudra*

GOUTER. SENTIR. VOIR. ENTENDRE.

PARTICIPE DU PRÉSENT. *(Actuellement)*

Goûtant. Sentant. Voyant. Entendant.

PARTICIPE DU PASSÉ. *(Hier)*

Ayant goûté. senti. vu. entendu.
Chose goûtée. sentie. vue. entendue.

ABRÉGÉ DE GRAMMAIRE.

La Grammaire est l'art de bien parler et d'écrire correctement les *parties du discours*.

LES PARTIES DU DISCOURS.

Dix *parties* différentes composent le discours.

1° le *Nom*,	Henri, etc.	6° le *Participe*,	parlé, etc.
2° l' *Article*,	le, la, etc.	7° l' *Adverbe*,	assez, etc.
3° l' *Adjectif*,	utile, etc.	8° la *Préposition*,	auprès, etc.
4° le *Pronom*,	je, tu, etc.	9° la *Conjonction*,	mais, etc.
5° le *Verbe*,	parler, etc.	10° l' *Interjection*,	ah! oh, etc.

1° *Définition du Nom.*

Le *nom* est une partie essentielle du discours, qui sert à nommer les personnes et les choses.

EXEMPLE.

Nom.   Nom.   Nom.   Nom.

Caïn faisait le *mal*, le *bien* guidait *Abel*.

2° *Définition de l'Article.*

L'*article* est un petit mot qui se place devant les noms.

EXEMPLE.

Artic.   Article.   Article.

Le travail, *la* santé, donnent *les* vrais plaisirs.

4.

3° *Définition de l'Adjectif.*

L'*adjectif* est un mot qui s'ajoute au nom, pour marquer une différence ou une qualité.

EXEMPLE.

Adject. Nom.   Adjectif.   Nom.

Dès ton *jeune âge* prends de *bonnes habitudes.*

4° *Définition du Pronom.*

Le *pronom* est un petit mot qu'on met à la place du nom, pour en éviter la répétition.

EXEMPLE.

Nom.   Pronom.   Adjectif.

Minette est fort aimable; *elle* est instruite et *bonne.*

5° *Définition du Verbe.*

Le *verbe* est un mot qui forme un sens clair, et qui exprime le mouvement ou le repos, (l'action, ou une manière d'être quelconque), dans un temps passé, présent, ou futur.

EXEMPLE.

Mouvement.   Maniere d'être. Mouvem.

Approchez, mes enfants; *écoutez* ; *jouez* bien.

Passé.   Présent.   Futur.

L'orgueil *perdit*, il *perd* et *perdra* l'orgueilleux.

6° *Définition du Participe.*

Le *participe* est un mot changeant, qui est tantôt verbe , et tantôt adjectif.

EXEMPLE.

Adjectif.   Verbe au Participe.
Ces êtres trop *aimés* ont-ils *aimé* quelqu'un?

7° *Définition de l'Adverbe.*

L'*adverbe* ne va point sans verbe , et marque le lieu , la façon, le temps, etc.

EXEMPLE.

Lieu.   Façon.   Temps.
Où donc aller? *comment* exister *aujourd'hui ?*

8° *Définition de la Préposition.*

La *préposition* est toujours suivie d'un mot exprimé ou sous-entendu , pour être intelligible.

EXEMPLE.

Prépos. suite.   prépos. suite.   Prépos. suite.
Chez qui peut-on rester *sans* argent *dans* la bourse?

9° *Définition de la Conjonction.*

La *conjonction* ou *particule* , réunit les mots qui la précèdent avec ceux qui la suivent.

EXEMPLE.

Conjonc.   Conjonc.
Aidons nous l'un-*et*-l'autre, *et* rendons-nous heureux.

10°. *Définition de l'Interjection.*

L'*interjection* est un cri de l'ame, qui exprime la douleur ou la joie.

EXEMPLE.

Interject.
Quand on a fait le bien, *ah !* que l'ame est joyeuse !

§ I.

DES PARTIES DE LA GRAMMAIRE.

La grammaire comprend deux *parties* principales ; 1° la *syntaxe*, 2° l'orthographe.

LA SYNTAXE.

La *syntaxe* traite du choix et de l'arrangement des mots, pour en construire des phrases selon le génie de la langue.

EXEMPLE.

Première phrase. Seconde phrase.
Il faut savoir bien dire : il faut sur-tout bien faire.

Ces deux phrases pécheraient contre la *syntaxe*, si l'on disait : Dire bien, il faut savoir : = faire sur-tout bien il faut.

L'ORTHOGRAPHE.

L'*orthographe* est la science d'écrire les mots par *principe*, et selon *l'usage*.

Pour orthographier par *principe*, il faut connaître les *genres* et les *nombres*.

Les Genres.

Il y a deux *genres* dans la grammaire française : 1° le *masculin*, 2° le *féminin*.

EXEMPLE.

Masculin.   Féminin.
L'*homme* ne serait rien ici-bas sans la *femme*.

* C'est par analogie grammaticale avec l'homme et la femme, et pour la variété du discours, que les plus belles langues ont des noms masculins et féminins.

Les Nombres.

Il y a deux *nombres*; le *singulier*, qui marque une seule personne ou une seule chose; et le *pluriel*, qui en désigne plusieurs.

EXEMPLE.

Singulier. Pluriel.   Pluriel. Pluriel.
Le *talent* et les *mœurs*, voilà les *vrais trésors*.

Orthographe de Principe.

L'orthographe de *principe* est l'addi-

tion des lettres finales qui distinguent les *genres* et les *nombres*.

Un *e* muet à la fin d'un *adjectif*, désigne le *féminin* ; et une *s* à la fin d'un *nom* et d'un *adjectif*, marque le *pluriel*.

EXEMPLE.

Plur. masc.   Singul. fémin.

Il n'est de *plaisir-s pur-s* que pour *un-e ame pur-e.*

Orthographe d'usage.

L'orthographe d'*usage* est la simple *copie* des premières *syllabes* des mots qui ont un genre et des nombres, et la *copie totale* de ceux qui n'ont ni genre ni nombre.

EXEMPLE.

Usage. Princ.   Usage.   Usage   Usage. Usage. Princ.

Amuse - z - vous plutôt que de rester oisif - s.

* Il n'y a, dans cet exemple, que la finale du mot *amuse-z*, et celle du mot *oisif-s*, qui varient, et qui exigent la connaissance des principes, pour être bien orthographiées : quant aux autres mots, ils ne varient jamais ; il suffit de les *copier* toujours comme on les trouve dans le dictionnaire, et c'est ce qu'on appelle l'*usage*.

Remarque sur les mots variables.

De la distinction de l'orthographe de

principe et *d'usage*, provient la division naturelle et bien commode des mots français, en deux classes ;

1° celle des *variables*, qui ont un *genre* et des *nombres*, et dont la finale change nécessairement ;

2° La classe des mots *invariables*, qui, n'ayant ni *genre* ni *nombre*, ne varient jamais dans leur écriture.

§ II.

CONCORDANCE DE L'ADJECTIF AVEC LE NOM.

La principale règle de l'orthographe de *principe*, est la *concordance* de l'adjectif avec le nom ; c. à. d. que si le *nom* est masculin ou féminin, au singulier ou au pluriel, l'*adjectif* doit s'y mettre également.

EXEMPLE.

Ad. masc. N. masc.   N. fémin.   Adjec. féminin.
Le *bon papa* chérit des *filles* bien *soigneuses*.

Le Masculin préféré au Féminin.

Lorsqu'un adjectif se rapporte également à deux noms dont l'un est masculin, et l'autre féminin, alors, il doit se mettre au pluriel masculin.

EXEMPLE.

N. masc. N. fém.   Adj. masc
Frères, *sœurs*, aidez-vous, et vivez bien *uni-s*.

Déclinaison du nom.

La *déclinaison* consiste à mettre le nom et l'adjectif aux six positions qu'ils peuvent occuper dans le discours, soit au nombre singulier, soit au pluriel.

EXEMPLE.

SINGULIER masculin.	SINGULIER féminin.
Nominatif. le bon *cœur*.	la belle *ame*.
Génitif. du bon *cœur*.	de la belle *ame*.
Datif. au bon *cœur*.	à la belle *ame*.
Accusatif. le bon *cœur*.	la belle *ame*.
Vocatif. (ô) bon *cœur!*	(ô) belle *ame!*
Ablatif. du bon *cœur*.	de la belle *ame*.

PLURIEL masculin.	PLURIEL féminin.
Nominatif. les bons *cœurs*.	les belles *ames*.
Génitif. des bons *cœurs*.	des belles *ames*.
Datif. aux bons *cœurs*.	aux belles *ames*.
Accusatif. les bons *cœurs*.	les belles *ames*.
Vocatif. (ô) bons *cœurs!*	(ô) belles *ames!*
Ablatif. des bons *cœurs*.	des belles *ames*.

OBSERVATION.

* La *déclinaison* forme naturellement à la *syntaxe* et à l'*orthographe*. Les élèves doivent s'y exercer beaucoup ; puis ils écriront les verbes de propriété, *Avoir*, et d'existence, *Être*, ainsi que les autres verbes, dont il faut connaître, 1° la *conjugaison* ou classe ; 2° les *personnes* ; 3° le *sujet* et l'*objet* ; 4° les *temps simples* ; 5° les *temps composés*.

§ II.

LES PERSONNES DU VERBE.

On appelle *personnes* du verbe, les trois pronoms *je*, *tu*, *il* ou *elle*, pour le singulier, et *nous, vous, ils* ou *elles*, pour le pluriel.

EXEMPLE.

SINGULIER.	PLURIEL.
1ʳᵉ Personne. Je *lis*.	Premières. Nous *lisons*.
2ᵈᵉ Personne. Tu *lis*.	Secondes. Vous *lisez*.
3ᵐᵉ Personne. Il *lit*.	Troisièmes. Ils *lisent*.

Sujet et Objet du Verbe.

Le *sujet* ou nominatif du verbe, est le *nom* ou le *pronom* qui le précède, quand on n'interroge pas.

L'*objet* (accusatif ou régime), c'est le

nom ou le *pronom* qui suit le verbe, ou qui peut se répondre après lui, quand il précede le verbe.

EXEMPLE.

sujet qui précède.   sujet qui préc.   verbe.   objet qui suit.
Je veux que mes *plaisirs* m'*inspirent* des (*vertus*).

Temps simples et temps composés.

Le *temps simple* du verbe est celui qui n'est pas joint avec le verbe *avoir* ou *être*.

Le *temps composé* est toujours réuni avec le verbe *avoir* ou *être*, et s'appelle alors *participe du passé*.

EXEMPLE.

temps composé.   simple
Quand on n'*a* pas *souffert*, *plaint*-on les malheureux?

Remarque sur le Participe du passé.

* On se souviendra que les *participes* du *passé* sont tantôt *invariables*, et tantôt *variables*, c. à. d. *adjectifs*, prenant alors un genre et un nombre.

Orthographe du Participe invariable.

Le *participe* du *passé* est *invariable*, et il ne prend ni le genre, ni le nombre de son sujet, quand il n'est point pré-

cédé du verbe *être*, ni d'un régime ou
objet représenté par un pronom.

EXEMPLE.

| sujet. | partic. invariables. | objet après. |

Nos dames ont *écrit* et *reçu* plusieurs (*lettres.*)

Orthographe du Participe variable.

Le *participe* du *passé* devient *variable*
et *adjectif,* dans deux positions différentes ;

1° Quand il est précédé d'un temps du
verbe *être*, exprimé ou sous-entendu, qui
le fait accorder alors en genre et en nombre avec son *sujet*;

2° Il est également *variable* quand il
est précédé de son *objet* ou *régime*, qui
est toujours un pronom avec lequel il
s'accorde alors en genre et en nombre.

EXEMPLE.

| sujet variable, objet avant. | variable. |

Les *arts* si *cultivés nous* ont-ils *rendus* justes ?

§ IV.

e e Parties du discours.

La vraie boussole de la grammaire,

c'est l'*analyse* ou l'explication des parties du discours.

Moyen de connaître le Nom.

Comme tout *nom* a un seul genre, masculin ou féminin, c'est aussi par les mots d'essai *un* ou *une*, qu'on peut reconnaître cette première partie du discours.

EXEMPLE.

(Une) Nom. (Un) Nom. (Un) Nom.
La *colère* et l'*orgueil* sont de sots *conseillers*.

Moyen de reconnaître l'Adjectif.

L'*adjectif* est un mot de deux genres; car il prend tantôt le masculin, et tantôt le féminin. Ainsi donc tout mot auquel on peut ajouter *homme* et *femme*, ou bien *sujet* et *chose*, doit être censé un *adjectif*.

EXEMPLE.

La *meilleure* finesse est d'aller en droiture.

* On ne saurait dire *homme finesse*, *femme finesse*, etc., mais on peut dire *homme meilleur*, *femme meilleure*; donc ce mot est *adjectif*.

* Les pronoms sont aussi des mots des deux genres, car on dit *moi homme*, *moi femme*, *vous hommes*, *vous femmes*, etc. etc. etc.

Homme qui parle. *Homme* que je vois. *Homme* se trompant.
Femme qui parle. *Femme* que je vois. *Femme* se trompant.

Moyen de connaître le Verbe et sa classe.

Le mot qui forme un sens clair, étant précédé des pronoms *je*, *tu*, *il*, ou bien *va-t-il*, est un *verbe*.

* C'est aussi par l'interrogation *va-t-il*, que l'on connaît les quatre classes ou *conjugaisons* des verbes dont l'*infinitif* ou premier temps, finit par ER, IR, OIR, RE.

EXEMPLE.

Verbe.	Interrog. Infinitif.	Finale.
Il grêlait.	va-t-il grêler ?	ER 1re classe.
Nous bâtissions.	va-t-il bâtir ?	IR 2de classe.
Il pleuvait.	va-t-il pleuvoir ?	OIR 3me classe.
Tu rendras.	va-t-il rendre ?	RE 4me classe.

Moyen de connaître le Sujet et l'Objet du verbe.

La réponse à l'interrogation *quel est celui qui... ?* placée avant le verbe, en donne toujours le *sujet* ou le nominatif ; et *qui ?* ou *quoi ?* placé après le verbe, en fait toujours ressortir l'*objet* (régime ou accusatif).

EXEMPLE,

Sujet. Verbe. Suj. Verbe. Sujet. Verbe. Obj.
Le *savant* doute ; *il* cherche : et l'*ignorant* sait *tout*.

* Quel est celui qui *doute ?* — Le *savant*. (sujet)
Quel est celui qui *sait ?* — L'*ignorant*. (sujet)
—— L'*ignorant sait* — Quoi ? (*tout*). (objet).

Moyen de connaître les mots invariables.

Comme les mots *invariables* n'ont ni *genre* ni *nombre*, ceux qui ne pourront admettre *un* ou *une, je, tu, il*, etc. devant eux, seront *invariables*.

EXEMPLE.

invariable.   invariable.

Après un bon dîné, la musique en va *mieux*.

* On ne peut dire *un après, un en, un mieux;* donc ces mots sont *invariables*. Mais on peut dire *un dîné, une musique, il va;* ces derniers mots sont donc *variables*.

De l'Apostrophe.

L'*apostrophe* est une virgule placée au haut des articles *l', le, l', la,* pour remplacer un *e* et un *a* devant un mot commençant par une voyelle. On reconnaît que l'*article* et le mot suivant font deux mots, quand le second, prononcé seul, a un sens clair.

EXEMPLE.

L'(*humanité*) va-t-elle avec l'(*ambition*)?

* On peut dire, *Humanité, Ambition;* donc il faut une apostrophe à l'article qui précède ces mots.

Chiffres arabes et romains.

arabes.	romains.	arabes.	romains.	arabes.	romains.
1.	I.	16.	XVI.	40.	XL.
2.	II.	17.	XVII.	50.	L.
3.	III.	18.	XVIII.	60.	LX.
4.	IV.	19.	XIX.	70.	LXX.
5.	V.	20.	XX.	80.	LXXX.
6.	VI.	21.	XXI.	90.	XC.
7.	VII.	22.	XXII.	100.	C.
8.	VIII.	23.	XXIII.	200.	CC.
9.	IX.	24.	XXIV.	300.	CCC.
10.	X.	25.	XXV.	400.	CCCC.
11.	XI.	26.	XXVI.	500.	D.
12.	XII.	27.	XXVII.	600.	DC.
13.	XIII.	28.	XXVIII.	700.	DCC.
14.	XIV.	29.	XXIX.	1000.	M.
15.	XV.	30.	XXX.	2000.	MM.

TABLE DE MULTIPLICATION.

2 fois 2 font 4. 2 fois 3 font 6, *etc.*

1	2	3	4	5	6	7	8	9	10
2	4	6	8	10	12	14	16	18	20
3	6	9	12	15	18	21	24	27	30
4	8	12	16	20	24	28	32	36	40
5	10	15	20	25	30	35	40	45	50
6	12	18	24	30	36	42	48	54	60
7	14	21	28	35	42	49	56	63	70
8	16	24	32	40	48	56	64	72	80
9	18	27	36	45	54	63	72	81	90
10	20	30	40	50	60	70	80	90	100

www.ingramcontent.com/pod-product-compliance
Lightning Source LLC
Chambersburg PA
CBHW071104260626
47162CB00006B/2200